La Fontaine pour Rire

18 Fables de Dominique **BONNAUD**

Illustrées par **O'GALOP**

LIBRAIRIE DELAGRAVE
15, Rue Soufflot, Paris

LA FONTAINE

POUR RIRE

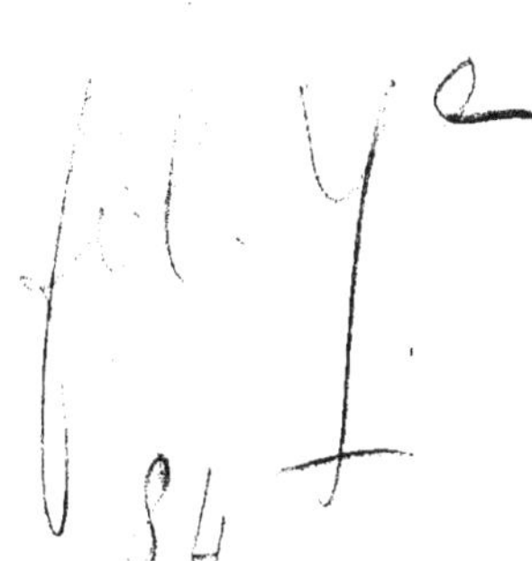

CRROA CRRÃ
CRRRA CROA
CROA CRRRA
CROA CRRÃ

LA FONTAINE

POUR RIRE

15 Fables   Illustrations

de Dominique Bonnaud de O'Galop

Paris

Librairie Delagrave

15, Rue Soufflot, 15

1928

TABLE

AVANT-PROPOS

J'étais allé, par une belle journée de juillet, faire un petit tour à Château-Thierry qui est, comme vous le savez, le pays natal du bon *La Fontaine*. Ce jour-là était tout justement jour de grand marché. Entendez par là qu'on y vendait, outre les denrées ordinaires, des bœufs, des vaches, des cochons, des lapins et tous les animaux qui font l'ornement de nos basses-cours. Sur toute la longueur du champ de foire c'était un pullulement de toutes les bêtes que le grand fabuliste, qui était aussi — et mieux encore — un grand poète, a chantées dans ses vers. Le cheval y côtoyait l'agneau et tandis qu'un petit âne gris, presque blanc, faisait entendre ses « Hi Han! Hi-han! » un coq superbe, battant des ailes et la crête dressée en bataille, lançait des cocoricos claironnants.

Et ce n'était pas tout. A l'extrémité du foirail, par delà ses dernières boutiques en plein vent, une ménagerie avait dressé sa baraque de toile et rangé ses roulottes. C'était une ménagerie américaine où tous les animaux sauvages étaient, à peu de chose près, représentés. On y exhibait un lion magnifique, un tigre d'aspect assez rébarbatif, deux ours qui se dandinaient perpétuellement d'une patte sur l'autre avec un air fort ennuyé, enfin des loups, des renards, des serpents et jusqu'à un vieil et sage éléphant qui, regardant la foule du haut de sa trompe, semblait être le philosophe de la troupe....

Il me vint à l'idée qu'une telle réunion d'animaux dans la ville de La Fontaine pouvait bien ne pas être un effet du hasard te que, comme c'était le Jour anniversaire de la naissance du Bonhomme, toute cette gent animale avait tenu à se réunir pour fêter celui qui fut l'observateur sagace et le grand ami des bêtes.

Aussi, profitant de ce que l'heure du déjeuner éloignait du champ de foire les bergers, les maquignons et les gardiens, je fis une petite enquête auprès de ceux que La Fontaine a fait parler dans ses fables. Comme il est juste, je commençai par le roi des animaux : Sa Majesté le lion.

« Sire lion, lui dis-je, vous êtes sans doute ici, en ce jour, pour rendre hommage au célèbre fabuliste ?

— Certes oui, me répondit-il, je veux honorer la mémoire de celui qui m'a revêtu d'une aussi haute dignité. Je veux aussi lui reprocher:

— Quoi donc ?

— De m'avoir fait un peu sot, infatué de mon rang suprême et trop sensible aux flatteries du singe ou du renard. »

A coté du lion, un renard justement s'agitait dans une cage étroite.

« Monsieur, me dit-il, gloire à l'auteur des Fables. Il a fait de moi le type du « malin », du « débrouillard » et de l'animal rusé. Mais pourquoi m'a-t-il humilié en racontant comment je fus berné par la cigogne ?

— Et moi, fit de sa grosse voix qui semblait tomber du ciel le gigantesque éléphant, je bénis La Fontaine, qui m'a représenté comme un « sage ». Mais pourquoi, moi qui suis la bonté même, m'at-il fait écraser, pour une innocente raillerie, un pauvre rat de rien du tout ?

— Et moi, me siffla le serpent, je recon-

nais que le Bonhomme m'a doué d'une certaine habileté; mais suis-je assez stupide pour aller mordre une lime, comme dans sa fable ?... »

Enfin chaque animal, tout en exaltant le nom du doux poète, lui reprochait quelque chose : le loup de l'avoir fait trop méchant, l'agneau de l'avoir dépeint comme l'éternelle victime, le lièvre de l'avoir taxé de poltronnerie. L'âne déclarait qu'il n'avait jamais voulu jouer de la flûte, le coq qu'il savait le prix de la perle et n'était pas si simple que d'en échanger une pour un grain de mil....

Bref, il n'en était pas un qui ne protestât contre une allégation du Fabuliste, qu'il jugeait impertinente à son égard. Je regagnai mon hôtel, en réfléchissant à ces choses extraordinaires.... Ah ! Que n'aurais-je point donné pour avoir seulement la millième partie du génie de l'auteur des Fables ? J'aurais calmé l'irritation de toutes ces braves bêtes, petites et grandes, en leur faisant jouer, dans mes vers, un rôle un peu différent de celui qu'il leur avait assigné !

Et pourtant, me dis-je,... si j'essayais ?

Et j'essayai. Avec tout le respect qu'on doit au génie, j'ai tenté l'expérience. Je me suis approprié de mon mieux un peu de ce style limpide, harmonieux et alerte, et j'ai écrit ce « La Fontaine pour rire ». On m'excusera si je suis resté loin du modèle. Il n'y aura jamais qu'un La Fontaine. Mais il n'est pas interdit de l'imiter de son mieux.

DOMINIQUE BONNAUD.

L'AGNEAU ET LE LOUP

Un vieux loup se désaltérait
'Au cours chantant d'une onde claire
Quand un timide agneau, que la soif attirait,
Dans le même ruisseau la voulut satisfaire :
« Oh! fit le loup, très en colère,
Toi, qui n'es pas de mes amis,
Me diras-tu qui t'a permis
De troubler ainsi mon breuvage ?
Je n'attendrai pas davantage
Et je te veux punir de ta témérité! »
L'agneau n'était pas sans courage :
« Quoi, dit-il, Votre Majesté
Pour une faute aussi légère
Se montre vraiment trop sévère....
— Certes, reprit le loup sur un ton courroucé,
Mais j'ai su que de moi tu médis l'an passé,
Colportant par toute la ville
Que j'étais un vieil imbécile.

— Comment l'aurais-je fait, si je n'étais pas né,
Gémit l'agneau, je tette encor ma mère.
— Si ce n'est toi, c'est donc ton frère,
Ou ta mère, ou ta sœur ou ton cousin germain,
Et je n'attendrai pas, mon cher, jusqu'à demain
Pour te punir de ton audace;
Tes plaintes près de moi n'auront aucun succès
Et je vais te croquer sur place
Sans autre forme de procès!
Assez de soupirs et de larmes!...
— Attendez, fit l'agneau... rien qu'un petit moment...
A l'horizon tout justement
Je vois s'avancer deux gendarmes;
Pourquoi ne les ferions-nous pas,
Sire Loup, juges de mon cas?
— Grand merci, fit le loup, je connais leur figure :
Comme disait mon grand papa,
Elle est pour nous d'assez mauvais augure! »
Là-dessus le loup décampa.
Mais il eut beau courir! Un coup de carabine
Atteignit l'animal cruel
Et punit par un plomb mortel
Celui qui ne rêvait que vol et que rapine.

. . . .

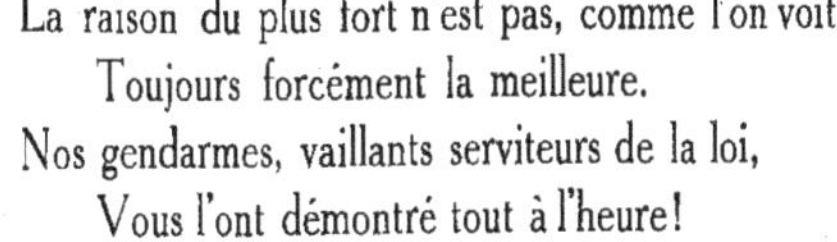

La raison du plus fort n'est pas, comme l'on voit,
Toujours forcément la meilleure.
Nos gendarmes, vaillants serviteurs de la loi,
Vous l'ont démontré tout à l'heure!

LE CORBEAU ET LE RENARD

Un vieux corbeau sur un orme perché
 Tenait en son bec un fromage,
Et n'avait point dessein, certes, de le lâcher.
 Un renardeau du voisinage,
— Lequel espérait bien qu'il le prendrait sans verd, —
Crut bon de lui tenir le beau discours d'usage.
 Ce renard, bien que né d'hier,
Pensait que ce corbeau qu'il croyait un novice
Pour lui montrer sa voix, de son bec entr'ouvert,
 Laisserait choir son camembert.
 Il guettait le moment propice,
Répétant, comme fit son grand-père autrefois :
« Salut, corbeau, phénix des hôtes de ces bois,
 On m'a dit que votre ramage
 Ressemblait à votre plumage,
Chantez-moi donc un air — voire un petit couplet —
 Que je sache ce qu'il en est.... »
Là-dessus il attend.... Grands Dieux, quelle surprise ! —
 Notre corbeau, fort obligeant,
En longs croassements s'épanche sur-le-champ
 Sans que son bec ait lâché prise....
 Ne voyant rien tomber le renard détala,
 Tout étonné de ce miracle-là....
Et sans vouloir plus loin pousser son entreprise.

 . . . .

 Or de ce miracle en question
 Vous aurez l'explication :
Notre corbeau tenait, sage précaution,

Sous son aile un phonographe
Maintenu par une agrafe.
Tandis que le renard, « par l'odeur alléché »,
Lui contait ses fadeurs de sa voix la plus tendre
C'était cet appareil qu'il avait déclanché,
Bernant ainsi celui qui le voulait surprendre.

Quiconque est trop rusé — par une sage loi —
Doit s'attendre à trouver un plus rusé que soi.

LE COCHE ET L'AUTO

Dans un chemin boueux, détrempé, malaisé,
Six forts chevaux tiraient un coche.
Le conducteur voyait le moment proche
Où son véhicule enlisé
Allait être immobilisé....
Il le fut, en effet, et de telle manière
Que les six chevaux — pourtant forts —
Ne purent malgré leurs efforts
Le faire sortir de l'ornière.
Le charretier pestait, jurait comme un perdu,
Cependant que, de la voiture,
Chaque voyageur descendu
Malgré la boue et la froidure
A pousser à la roue exerçait son talent.

. . . .

LA
SANS
PANNE
323-E21

Or, voici qu'au même moment
Une superbe auto, du tout dernier modèle,
        Qui, grâce à son puissant moteur,
        Même sur cette route inclémente au chauffeur,
        Filait ainsi qu'une hirondelle,
Apparut tout à coup dans le dos de nos gens.
Le chauffeur, homme jeune et des plus élégants,
        N'eut que le temps, par un miracle,
        De ne pas foncer sur l'obstacle;
Il s'en fallut de peu, quand il le dépassa,
Qu'il n'écrasât quelqu'un des voyageurs du coche.
Je vous laisse à penser si chacun lui décoche
Les doux noms de butor, de brute et de goujat.
        Mais ce chauffeur à l'âme dure,
     De leur sort cruel n'ayant cure,
Bien loin de compatir à leur triste embarras,
     A les narguer trouva quelques appas.
        Il accélera sa vitesse
        Et — de loin — leur cria, narquois :
        « Je reviendrai d'ici trois mois
        Vous sortir de la bouillabaisse ! »

. . . .

Finalement nos gens poussant de tous leurs bras
Finirent par tirer le coche de ce pas.
    Il reprend sa marche pénible,
    Puis — le sol devenant meilleur —
L'attelage saisi d'une nouvelle ardeur
Le mène enfin au but, sans retard trop sensible.
Mais voilà qu'aux regards des voyageurs surpris
Presque au dernier détour, devant une cabane,
S'offre — devinez qui? — Le chauffeur malappris
Qui les avait traités du haut de son mépris.
    Sa cent-chevaux était en panne
    (Accident de carburateur).
A ce spectacle alors tout le coche ricane :
    « Tiens, fait l'un, vous deviez, je crois,
Nous revenir chercher d'ici cinq ou six mois ? »
Un autre le voulait rouer de coups de canne.
Pour le maudire enfin tous n'avaient qu'une voix :
« Messieurs, dit le chauffeur, excusez, je vous prie,
    Ma regrettable étourderie.
Ah! Si vous vouliez bien oublier mes affronts,
Votre cocher avec ses percherons
    Pourrait — d'ailleurs nous le paierons —
Conduire mon auto jusqu'au bourg le plus poche.
— Mon cher, lui riposta le conducteur du coche,
    Croyez que, tout considéré,
    D'ici trois mois je reviendrai
    Vous sortir de votre anicroche.
    Vous aurez de cette façon
Le temps de méditer comme il faut la leçon.... »

Cette fable vous prouve, ô chauffeurs bons apôtres,
Qu'il ne se faut jamais moquer du piéton
    Et qu'il est de fort mauvais ton
    De rire du malheur des autres.

LE LOUP ET LA CIGOGNE AVEC LE SINGE

Un jour Messire Loup, animal sans vergogne,
Ayant un os au travers du gosier
Que n'avaient pu broyer ses machoires d'acier,
Fit demander dame Cigogne;
Celle-ci, fort experte en l'art chirurgical,
Lui rendit galamment le service amical
De lui tirer cet os, et n'eut pour récompense
Que de se voir traitée avec inconvenance
Par notre Sire aux longues dents.
La Fontaine a conté cette histoire en son temps
Bien mieux que moi, — mais j'en connais la suite
Et je vais vous la raconter.
Le loup, que la leçon n'avait point amendé
Et qui menait toujours même inconduite,
Fut la victime encor de sa voracité;
Un autre os l'étranglait, sa douleur était grande,
Il allait en crever. — Bien vite il redemande
Notre Cigogne; elle revient
Et dit : « Messire, je veux bien
Vous tirer d'un pas aussi triste,
Mais... vous voyez ce singe qui m'assiste?
C'est un fort illustre dentiste
Qui va vous arracher les crocs
Des plus petits jusqu'aux plus gros.

Après quoi, de mon bec, j'irai sans trop de peine
Et daignant oublier que vous fûtes grossier,
    Extirper de votre gosier
    L'os malencontreux qui vous gêne
Sans peur d'être croquée en guise de « merci ».
Le nez que fit le Loup... vous le voyez d'ici :

    Il jura tout d'abord que si
L'on touchait à ses crocs, il mangerait le Singe;
    Puis sentant qu'il allait périr,
Sans souffle, sans chaleur et pâle comme un linge,
    Il laissa sans plus discourir
Le singe en sa mâchoire apporter le ravage,
    Et quand la Cigogne au long bec
    Eut finalement d'un coup sec
    Sorti l'os de son œsophage,
    Il n'osa pas à son endroit
    Risquer le plus petit outrage :
    Le geste eût été maladroit.
    Il jugea donc beaucoup plus sage
De se montrer courtois. C'était, d'ailleurs, prudent :
    Qu'eût-il fait n'ayant plus de dent?
S'il eut quelque rancœur, il n'en laissa paraître.

    Cette fable prouve au total
    Qu'à vouloir être trop brutal
    On finit par trouver son maître.

LE LION ET LE MOUCHERON

Cette fable nous vient d'Afrique
Où le Lion tient son état.
Un Arabe me la conta :
L'histoire est-elle véridique?
Pour moi, je le crois bel et bien,
Mais je ne vous assure rien;
D'ailleurs, le propre d'une fable
C'est d'être assez peu vraisemblable,
    Elle doit surtout comporter
    Une utile moralité
C'est le cas, dans la circonstance....
Donc, sachez qu'un lion de superbe prestance
    Et dans tout l'Atlas redouté
    Pour sa grande férocité,
En quête d'une nourriture,
S'introduisit, par aventure,
Dans une ferme où tous les gens
Étaient allés soigner leurs champs.
Seul un petit garçon, de gentille figure,
Était resté — n'ayant que cinq ans et demi.
Je dois vous dire encor que notre jeune ami
N'était pas un poltron, vous le verrez de reste.
Donc le lion pénètre en ce logis agreste;
Il voit notre bambin qui, tout interloqué,
    Le regardait avec surprise,
    A peu près sûr d'être croqué.
J'oubliais un détail qu'il sied que je vous dise :

Notre garçonnet s'apprêtait
A gagner l'école voisine.
Outre les livres qu'il portait
Il tenait sous sa pèlerine
(Car, au ciel, maint nuage noir
Indiquait qu'il allait pleuvoir)
Un gigantesque parapluie.
Opposer en l'occasion
Cette arme aux fureurs d'un lion,
Convenez que c'était folie!
Ce dut être l'avis du roi des animaux
Qui fondit sur l'enfant en rugissant ces mots :
« J'ai déjà dans ma vie, en somme,
Dévoré pas mal de marmots :
Apprête-toi, petit bonhomme
A subir même sort. Innocent fanfaron!
Pour moi, tu n'es qu'un moucheron.... »
Que fit le moucheron à ce moment critique?
Le ciel inspira le moutard,
Il ouvrit d'un coup sec, et tout grand, son « riflard ».
Notre lion crut voir une arme fantastique
D'où surgirait pour lui, peut-être, le trépas.
Il tourna les talons et s'enfuit à grands pas.

Ainsi le plus chétif « moucheron » d'un empire,
S'il possède un cœur aguerri,
Peut braver les dangers et se tirer du pire
Grâce à la présence d'esprit.

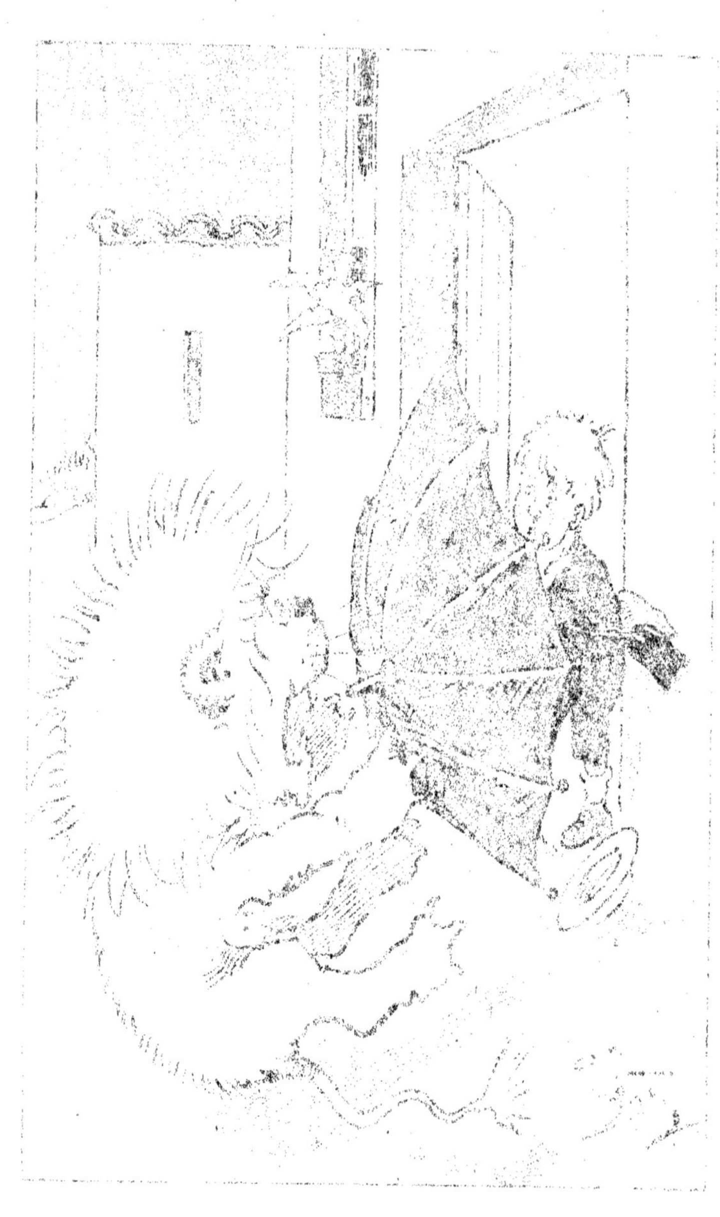

LE RAT DES CHAMPS ET LE RAT DE VILLE

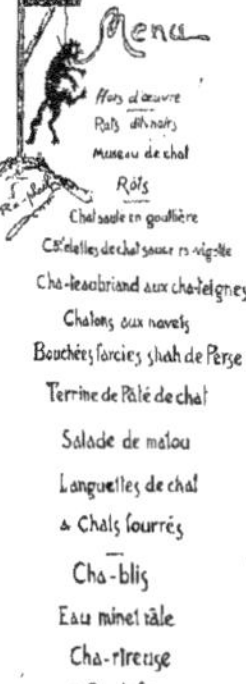

Un matin le rat de ville
Apprit que le rat des champs
Èpanchait sur lui sa bile
En termes désobligeants.

*
* *

C'était bien le fait d'un rustre
Et La Fontaine nous a
Transcrit dans sa fable illustre
Les propos de ce goujat :

*
* *

« Évidemment, mon confrère'
Disait ce rat peu galant,
S'entend à la bonne chère
Et ses reliefs d'ortolan

*
* *

Sont restés dans ma mémoire;
Mais sitôt qu'on veut manger
Chez lui — c'est à n'y pas croire —
Quelqu'un vous vient déranger.

*
* *

Et puis, après tout, sa table
Vaut-elle autant qu'il le dit ?
La sole était détestable,
Le gigot beaucoup trop cuit !

* *
*

Enfin ce rat sans vergogne
Daubait sur le saucisson,
Affirmait que le bourgogne
Empoisonnait le bouchon

* *
*

Et concluait : « Je préfère
Ma piquette à ses grands crus
Et rester dans ma chaumière
A ronger mes navets crus ! »

. . . .

* *
*

Des jours, des mois se passèrent...
Le rat des champs devint las
De ces menus trop sommaires
Et rêva d'un bon repas.

* *
*

Il fut chez le rat de ville
Et lui dit, sans se gêner :
« Ouvre-moi ton domicile,
Je m'invite à déjeuner !

* *
*

— Arrière, vil pique-assiette !
Répondit l'autre. Crois-moi,
Va-t-en boire ta piquette,
Mon bon vin n'est pas pour toi.... »

. . . .

La leçon peut sembler dure,
Mais l'on s'expose à trouver
Pareille mésaventure
Quand on est mal élevé !

4

LE ROSEAU ET LE CHÊNE

Le roseau dit un jour au chêne
Que l'Aquilon brutal avait déraciné :
« Jadis vous me traitiez avec quelque sans-gêne.
— Je te plains, disiez-vous, arbuste infortuné;
Au moindre zéphyr qui passe
Tu t'inclines, tête basse,
Tandis que je me tiens devant
Le vent
Même le plus formidable,
Tel un lutteur imbattable,
Sans jamais briser d'un pas!... » —
Mais les vents vous ont jeté bas
O chêne orgueilleux, chêne auguste,
Tandis que moi, chétif arbuste,
J'ai résisté comme j'ai pu.
J'ai plié, — je n'ai pas rompu.
Aussi j'ai grand pitié de vous voir sur la place
Aussi rudement étendu. »

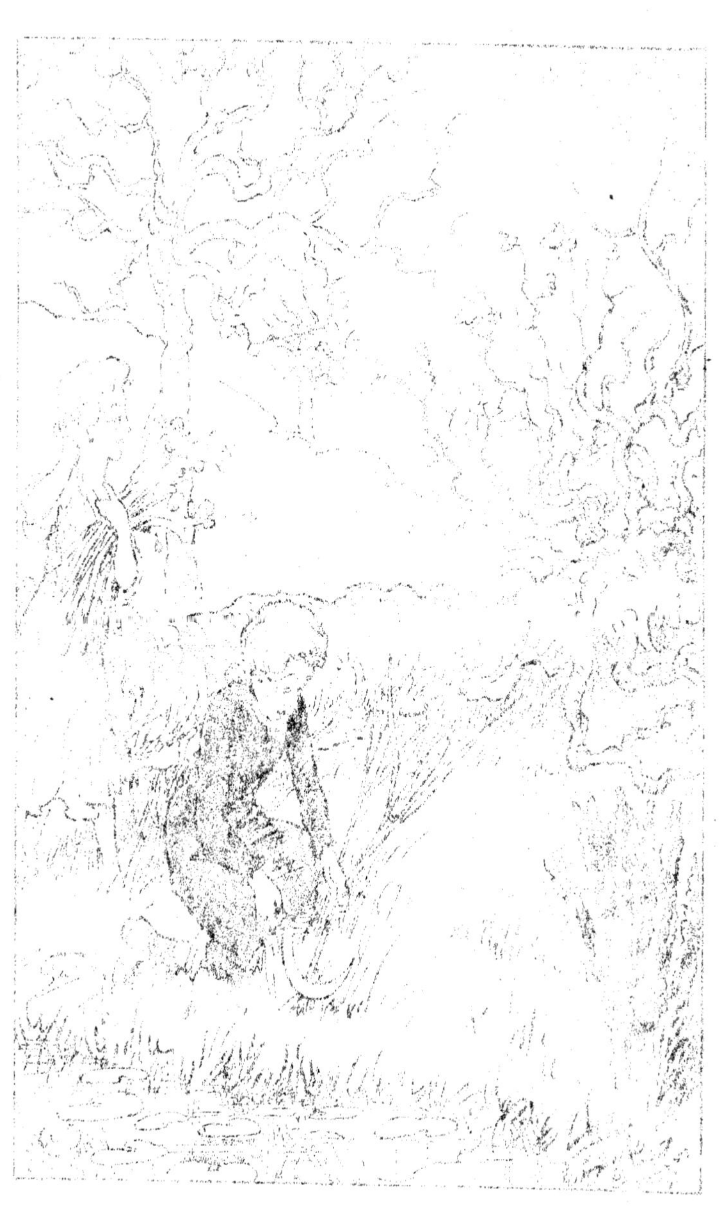

Le chêne répondit :

« Roseau, que me veux-tu?

Pauvre fétu,

Tu pleures sur mon sort! Reste donc à ta place :

Un sort plus triste te menace :

Cesse donc de t'apitoyer

Sur celui qui m'a foudroyé! »

Or, juste à cet instant passaient deux jeunes filles;

Elles cherchaient des brindilles

Pour allumer leur foyer.

Du tranchant de leurs faucilles,

Elles ont vite fait d'abattre mon roseau,

De le mettre en leur cheminée!

Et voilà mon pauvre arbrisseau

Dont l'âme s'envole en fumée

Et qui retourne au grand Néant,

Tandis que le chêne, géant

Dont malgré tout le tronc subsiste,

Voit son bois travaillé par un fameux artiste

Ébéniste.

Grâce à l'habile ciseleur,

Il devient meuble de valeur

Que l'on montre dans un musée

Aux yeux d'une foule empressée....

Petits esprits, gardez votre pitié

Et ne l'infligez pas au grand homme qui tombe,

Car son nom glorieux survit même à la tombe

Et le vôtre meurt tout entier.

LE LIÈVRE ET LA TORTUE

On sait que la tortue, un beau jour, par hasard,
Battit le lièvre à la course.
Tandis que ce lièvre musard
S'arrêtait à flâner, observant un lézard
Se mirant à la moindre source,
La tortue, allant droit vers le but assigné,
En fin de compte avait gagné.
Ce succès la rendit vaniteuse à l'extrême :
La pauvre n'avait pas compris
Que c'était au hasard qu'elle devait son prix,
Tant et si bien qu'en son orgueil suprême
Elle voulut recommencer.
Par elle un défi fut lancé
Au lièvre. Il accepta mais ne fut point si bête
Que de s'amuser sur l'herbette
Et de s'attarder en chemin.
En trois bonds, cependant que la pauvre tortue
Qui portait sa maison à trotter s'évertue,
Il vous gagne le prix, en moins d'un tournemain.

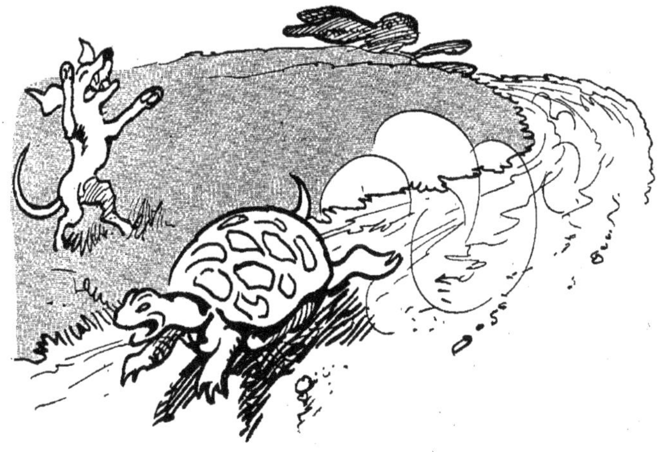

Notre bestiole battue,
Fuyant les quolibets, regagna son jardin

Et pour ruminer son chagrin
Se terra sous une laitue

. . . .

D'un triomphe imprévu ne tirez pas d'orgueil,
Car l'on risque à ce jeu quelque chute profonde
Et — comme on dit dans le grand monde —
C'est se fourrer le doigt dans l'œil.

LE HÉRON

Le héron au long bec allait, suivant le cours
      D'un ruisselet. — Il cherchait une aubaine.
Ce jour-là, comme a dit l'immortel La Fontaine,
L'onde était transparente ainsi qu'aux plus beaux jours.
Comptant y découvrir quelque anguille sous roche
    Et débusquer force goujons,
Voilà notre héron qui de l'eau se rapproche
     Et se poste au milieu des joncs.
     Le ruisseau fourmillait d'ablettes
Et de ces vils fretins que les pêcheurs rejettent
     Ne les jugeant pas assez bons.
  « Bah! se dit le héron, j'ai faim, pêchons quand même;
Ceci n'est certes pas ce que j'avais rêvé,
    Mais à trop mépriser le gardon et la brême

Je pourrais bien ne rien trouver.
Je sens mon estomac qui pleure
Et risque fort en attendant
Que l'occasion soit meilleure
De me voir à la fin Gros-Jean comme devant
    Quand du repas sonnera l'heure! »
Sur ce, notre héron, très vite et tant qu'il put,
Se hâta d'engloutir ce poisson de rebut.
    Enfin bien et dûment repu
Il remonte plus haut.... Et voici qu'à sa vue
    S'offrent des perches, des brochets,
Des truites, des goujons, bref, chère de gourmets
    Comme il n'en avait jamais eue
    Le pauvre échassier désolé,
    Car il avait la panse pleine,

Devant un tel butin constata non sans peine
Qu'il ne pouvait plus rien à cette heure avaler;
Il dut se contenter de regarder sa proie
Et l'onde où sous ses yeux carpes et carpillons
Dansaient, faisaient des sauts de joie.

. . . .

Par cette fable nous voyons
Que dans le choix d'une pitance
Il ne faut pas montrer trop vive impatience
Et semblable à cet Iroquoi
Se jeter sur n'importe quoi.
S'il est vrai, comme dit la fable,
Qu'on perd à trop longtemps choisir et balancer,
Il est non moins indéniable
Qu'il est sot de se trop presser.

C'EST BIEN
MA VEINE

C'EST BIEN
MA VEINE

LE RENARD ET LES RAISINS

Certain renard qui se disait Normand,
Encor que son accent fût plutôt de Marseille,
Contemplait un jour une treille
Qui, du haut d'un balcon, laissait imprudemment
Pendre à l'envi mainte grappe vermeille;
Il restait là, béant, émerveillé,
Pris d'un désir de grappiller
Que nul mot ne saurait dépeindre;
D'autant qu'il ne pouvait atteindre
Ces raisins qui, pour le malheur
De notre astucieux voleur,
Se trouvaient au second étage.
Il aurait pu, s'il avait eu de l'âge,
Comme l'aïeul fameux en exemple cité
S'en aller d'un air dégoûté,
Disant : « Ils sont trop verts.... » Hélas, il était jeune
Et mis en appétit par un assez long jeûne
Il eut tôt fait de voir que là, tout à côté,
Contre le mur une échelle se dresse....
Notre renard, avec adresse,
Y grimpe sans plus hésiter.
Je vous donne à penser la rage
Dont il mit la treille au pillage,

Mangeant les fruits dorés que je vous ai dépeints
   Voracement — peaux et pépins.
   Il s'en gorgea de telle sorte
Qu'il n'en laissa pas un qu'on pût mettre au cuveau.

  . . . .

La cure cependant était un peu trop forte.
      Notre voleur, bientôt plus ému qu'il ne faut
      Sentit que le raisin lui montait au cerveau.
      Bref il s'en retournait, butant à chaque ornière,
        Titubant de belle manière;
      Mais il n'eut pas le temps de gagner sa tanière.
      Un chasseur l'aperçoit. Il jette au pauvre sot
          Un lasso,
      Puis le pend, haut et court, au premier arbrisseau.

      . . . .

Enfants aimez les fruits de notre belle France :
Ce n'est pas défendu, vous diront vos mamans,
Mais ne soyez jamais ni goinfres ni gourmands.
   Si ce renard, en l'occurrence,
   Eût mangé moins gloutonnement,
   Et s'il avait eu la prudence
   De s'arrêter au bon moment,
   Il eût évité la potence.

LA LAITIÈRE ET LE POT AU LAIT

Perrette sur sa tête ayant un pot au lait
Plein d'un lait crémeux à souhait
Se rendait pour le vendre à la ville prochaine
Et, comme nous le dit notre bon La Fontaine
Dans un vers adorable et qu'on n'oubliera pas,
Légère et court vêtue elle allait à grands pas.
D'avance elle escomptait le produit de sa vente,
Faisait mille projets, achetait de la rente,
Des terres de rapport, une ferme importante
Et mille autres choses encor,
Quand — plaignez son malheureux sort —
Elle bute contre une pierre,
Et voilà tout son lait par terre

Avec tous ses projets. On juge quelle fut,
A ce contretemps imprévu,
La douleur de notre étourdie :
Elle se lamente, elle crie,
Regrettant son beau rêve et son lait répandu
Et ne manquant pas, comme on pense,
De s'en prendre à la Providence.
Elle avait tort, — on va le voir, —

De pousser à ce point l'excès du désespoir.
Le fils du roi passait. Il voit la belle fille :
    Elle lui paraît si gentille,
Avec son air timide et ses vives couleurs,
Et ses beaux yeux plus beaux encore sous les pleurs,
Que de son cœur l'Amour s'empare.
Il s'approche et lui dit sur le ton le plus doux :
    « Voulez-vous de moi pour époux ?
    Dans mon royaume, je déclare
Qu'il n'est si pur joyau, qu'il n'est bijou si rare
    Qui ne pâlisse près de vous ! »
    Voilà donc Perrette princesse,
    Bien remise de sa détresse
    Et ne reprochant plus aux dieux
    D'avoir fait pleurer ses beaux yeux.

 N'accusons pas le ciel du mal qui nous arrive,
Ne lui lançons jamais quelque sotte invective,
Car du pire malheur la Fable nous apprend
    Qu'il peut naître un bonheur plus grand.

LE LION ET LE RAT — AVEC L'ÉLÉPHANT

Un jour, Sire Lion fut pris en des filets
    Tendus par des chasseurs perfides.
    Malgré ses efforts intrépides,
Notre lion crut bien ne s'en tirer jamais!
Se souvenant qu'en pareille occurrence
    — C'est La Fontaine qui l'a dit —
    Le rat, rongeant le fil maudit,
Le tira de péril par sa persévérance....
Il appelle au secours. — Le rat vint aussitôt
    Et se mit à l'œuvre, — presto.
Je vous laisse à penser si notre ronge-maille
    Ronge, grignote, travaille
    D'une infatigable dent;
    Mais son labeur était si lent
    Qu'il en aurait eu pour un an
    A délivrer la bête altière;
    Si bien qu'enfin, las de ronger,
    Notre rongeur découragé
    Regagna, penaud, sa ratière....
Le lion gémissait : « Qui donc a dit, ma foi,
Qu'on a souvent besoin d'un plus petit que soi?
    Merci de la plaisanterie!...
    S'il ne reste que cet espoir,
    Je suis sûr, — hélas! — de me voir
            Ce soir
Devenir l'ornement d'une ménagerie!
    — Criez moins fort, je vous en prie,
    Lui dit sur un ton bon enfant
    Un sage et tranquille éléphant

DE MÉNAGERIE ... RITUR
1res 1f
2es 0.50
3 0.25
G. GALOP

Surgissant sur ces entrefaites.
Ah! Quelle bile vous vous faites....
Aussi pourquoi compter sur les trotte-menus?
   Vous voilà, si je ne me trompe,
   Pris en des filets bien ténus :
   Vous permettrez que je les rompe!... »
   — Et d'un coup — d'un seul — de sa trompe,
   L'éléphant ayant dit ces mots
Libéra de ses rets le roi des animaux.

A vous sortir d'une fâcheuse affaire
Un plus petit que soi peut apporter du soin;
Mais la plupart du temps, à vous parler sincère,
   C'est d'un plus grand qu'on a besoin.

LA FOURMI ET LA CIGALE

N'ayant pu mettre en été
De côté
La récolte suffisante,
La Fourmi, presqu'indigente,
Humblement s'en fut quêter
Quelques sous pour subsister.
Elle vint solliciter
La Cigale sa voisine,
Qui s'appelait Carmosine
Et dansait à l'Opéra.
Depuis fort longtemps déjà,
Cette Cigale économe
(Quoiqu'en ait dit le Bonhomme)
Avait su garder, en somme,
L'argent qu'elle avait gagné,
Mais n'aimait pas à donner.
Enfin c'était une artiste
Égoïste....
« Qu'avez-vous fait, o fourmi?
Répondit notre danseuse
A l'humble solliciteuse;
Sans doute avez vous dormi
Tous les jours jusqu'à midi?
— Ma foi, non, fit la quêteuse,
Dormir n'est point de mon goût :
Je travaillais et beaucoup!
Chez moi croyez-le, ma chère,
Rien ne restait en jachère,
D'ailleurs, tout réussissait,
La récolte s'annonçait

Abondante et magnifique,
Quand, par un sort maléfique,
Grêle, orage, pluie et vent
Ont fait rage si souvent
Que tout a pourri sur place....

O bonne cigale, si
Votre cœur n'est pas de glace,
Faites-moi donner, de grâce,
Un morceau de pain rassis
Pour apaiser ma fringale....
— O Fourmi! fit la Cigale,
On me tient fort justement
Dans tout le département
Pour une femme de tête.
Je ne donne pas — je prête.
Je vais, céans, t'avancer
Une somme rondelette
Mais qu'il faudra rembourser,
Sache-le bien, ma pauvrette,
Avant l'Août, foi d'animal,
Intérêt et principal. »

La Fourmi fut trop contente
D'accepter pareil marché.
De suite et d'un cœur léger
Elle se mit, diligente,
A travailler comme trente,
Si bien que dix mois après
Elle courut, sans regrets,
Rendre la somme prêtée,
Bien et dûment augmentée
De notables intérêts....
— On voit d'ici la Cigale :
Sa joie était sans égale
En voyant que son argent
Lui rapportait cent pour cent !

. . . .

A l'homme courageux que le destin accable,
Riches, prêtez votre or sans hésitation :
Vous ferez, tout d'abord, une bonne action
Et qui peut, en l'occasion,
Vous devenir très profitable.
On l'a bien vu par cette fable.

LE BŒUF ET LA GRENOUILLE

Une grenouille par un bœuf
— Lequel bœuf, d'ailleurs, était veuf —
Fut demandée en mariage :
La grenouille flattée accepta son amour;
Mais le bœuf se trouvait balourd,

Lui, le géant du pâturage,
Il se désolait tout le jour
En regardant la bestiole
Qui, n'ayant sur les os tout juste que la peau,
Sautait, dansait, faisait mille plongeons dans l'eau,
Exécutait la cabriole,

Tandis que lui, le ruminant,
Se mouvait difficilement.
Bref, près de l'animal infime
Il avait l'air d'un monument.

« Je veux maigrir, dit-il. Il se mit au régime,
Ne mangea plus, but moins encor
Et fit tant et si bien qu'il y trouva la mort.

Apprenez par cette aventure
Qu'à vouloir corriger ainsi Dame Nature
On s'expose à voir brusquement

La source de ses jours tarie,
Et que trop de coquetterie
Appelle un juste châtiment.

LE POT DE TERRE ET LE POT DE FER

Le pot de terre escorté
Du pot de fer, son compère,
Voulut un jour visiter
Quelque pays plus prospère,
Car ces deux pots, sans raison,
Ne voyaient qu'avec tristesse
Toujours le même horizon;

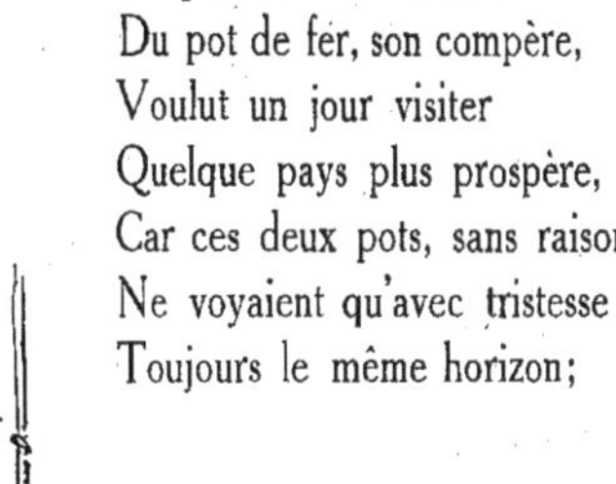

Tous les deux n'eurent de cesse
Que lorsque, sur leurs trois pieds,
Ils se furent mis en route.
Tous leurs parents effrayés
Les priaient, comme on s'en doute,
Et leur disaient : « Renoncez
A votre folle aventure! »

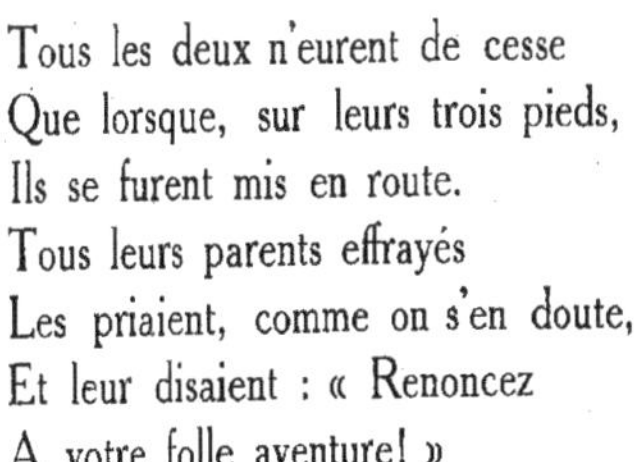

Hélas, nos deux insensés
Avaient l'oreille un peu dure.
— Ce n'est pas sans à-propos
Qu'on dit « Sourd comme deux pots! »
« Que nous venez-vous conter,
Répliquaient-ils à leurs proches,
Gardez donc, en vérité,
Vos conseils et vos reproches.

Nous irons sans anicroches
Pour le moins jusqu'au Thibet,
Voire plus loin, s'il nous plaît. »
Puis le couple téméraire
S'éloigna clopin-clopant,
Trébuchant et titubant.

Le malheureux pot de terre
N'alla pas loin, car bientôt
Il roula sous une auto
Qui vous le mit en poussière;
Quant à son pauvre compère,
Il ne périt pas broyé,
Mais chut dans un marécage
Où bien vite il fut noyé;
Ainsi finit le voyage.

De ces deux pots malchanceux
Le sort nous donne à comprendre
Qu'il n'est pires sourds que ceux
Qui ne veulent rien entendre.

COULOMMIERS
IMPRIMERIE
PAUL BRODARD
8733-8-1927.